AF337648

CAMPAGNE DE RUSSIE

(1812)

HOMMAGE

AUX DÉBRIS DE LA VIEILLE ARMÉE

PAR

THÉOPHILE-VICTOR LERAY

Dieu seul !...

PARIS

A LA LICE CHANSONNIÈRE, 21 rue du Faubourg-Saint-Denis ;
Et chez l'Auteur, 27 rue de Chabrol.

—

1841

CAMPAGNE

DE RUSSIE

(1812)

Déjà la Marseillaise, enfant du vieux De Lisle,
Avait aux nations prêché notre évangile;
Déjà le bras du peuple au creuset de ses lois
Avait jeté la pourpre et le bandeau des rois;

Déjà la République avec quatorze armées
Avait puni l'orgueil d'un amas de pygmées.
L'aigle de Frédéric fuyait de toutes parts,
Le Piémont s'inclinait devant nos étendarts,
L'Autriche à tous nos vœux soumettait sa puissance,
Et Rome obéissait aux ordres de la France.
Le livre de l'histoire au burin de Clio
Offrait un feuillet d'or pour graver Marengo.
Mais après Marengo Bonaparte avec gloire
Voulut d'autres lauriers que ceux de la victoire,
Et, régénérateur du saint pacte des lois,
Il éclipsa Lycurgue et César à la fois.
Quand des vieux rois ligués l'insolente cohorte
Se réveille en sursaut, croyant la France morte,
La haine au fond du cœur, la honte sur le front,
Elle vient essuyer un éternel affront.
Trente combats divers préparent sa défaite,
Et le champ d'Austerlitz a sonné sa retraite.
Le czar, anéanti par le sort des combats,
Recommande au vainqueur ses malheureux soldats.
Mais les rois sont ingrats et sont incorrigibles.
La guerre éclate encor : nos soldats invincibles,
Par de nouveaux succès marquant leurs premiers pas,
Vont au champ d'Iéna défier le trépas;

Puis, méprisant d'Eylau la sanglante redoute,
Emportent Friedland, qui s'oppose à leur route ;
Et d'un vol triomphant ces Atrides nouveaux
Sur les murs de Wagram vont planter nos drapeaux.
La fille des Césars sous la foi conjugale
Partage d'un soldat la couche impériale.
Enfin tout est soumis, et, surcroît de bonheur,
Le grand Napoléon embrasse un successeur.
Son noble cœur, ému par les cent coups du bronze,
Au livre des beaux ans inscrit mil huit cent onze.
La France en ce moment régnait sur l'univers ;
Sous le poids de sa gloire elle oubliait ses fers :
Quand l'Anglais, ce brandon des discordes civiles,
Souffle sur Pétersbourg le poison de ses îles.
Les traités sont rompus ; le hasard des combats
Va décider encor du bonheur des états.
Allons, soldats héros, vainqueurs des Pyramides,
Guerriers du mont Thabor, combattans intrépides !
Le Scythe vient encor de vous jeter le gant ;
Pour de nouveaux exploits notre aigle vous attend.
Partez, le tambour bat ; allez aux Moscovites
Apprendre que pour vous il n'est plus de limites,
Que les héros du Nil et du mont Saint-Bernard
Sont fils de la victoire, et non pas du hasard.

Partez, vaillans soldats; à votre âme enivrée
La gloire servira de pompeuse curée.
Alors en ce moment cinq cent mille guerriers
Vont sous le ciel du Nord moissonner des lauriers.
Notre aigle radieux plane sur leurs phalanges,
Et les bruyans échos répètent leurs louanges.
Comme ces noirs torrens qui comblent les sillons,
L'on voit sur tous les points passer nos bataillons;
Pareils à ces vaisseaux qu'un heureux vent protége,
Nos drapeaux déployés font un brillant cortége;
Semblable à cet esquif jouet des vastes mers,
Notre armée en son vol semble fendre les airs.
Les voyez-vous passer, ces mobiles colonnes
Pour qui la renommée apprête des couronnes?
C'est en vain qu'on viendrait leur barrer le chemin :
La gloire les attend sur les bords du Niemen.
Le bronze des combats soudain se fait entendre;
L'aigle victorieux ne se fait point attendre.
Nous entrons dans Wilna, Witepsk est emporté,
Nous passons sur Smolensk avec rapidité;
Nos valeureux soldats, méprisant les alarmes,
Font retentir l'écho du choc bruyant des armes,
Et, d'un sublime élan dépassant Paulowa,
Découvrent au lointain le champ de Moskowa.

Son aspect est terrible. A droite une redoute
Masque de ses canons les abords de la route :
C'est là que Kutusoff veut défier le sort,
C'est là qu'il vient chercher la victoire ou la mort.
Le signal est donné. Déjà la canonnade
Se mêle au bruit confus que fait la fusillade;
Les rangs sont foudroyés, le courage est égal;
Sur ce champ de douleur plane l'ange du mal.
N'importe! la valeur ne connaît pas d'entraves :
Triompher ou mourir! est le cri de nos braves.
Corps à corps on se bat, la mort brise les rangs;
L'écho double les cris des blessés, des mourans.
Huit cents bouches d'airain vomissent la mitraille,
Et font un champ de mort de ce champ de bataille.
Le Russe cède enfin, et l'aigle glorieux
Prend son vol triomphant sous la voûte des cieux.
Bientôt nos éclaireurs d'un mont couvrent la crête :
C'est le mont du Salut. L'avant-garde s'arrête.
Un soleil éclatant découvre à tous les yeux
Des milliers de palais, de globes lumineux :
C'est l'antique Moscou, la ville aux cent coupoles,
Où cent cultes divers, confondant leurs symboles,
Font brûler leur encens, non sur le même autel,
Mais vers le même trône où règne l'Éternel.

C'est là que le Kremlin aux splendides portiques
Étale avec orgueil ses grandeurs prophétiques :
Sublime à tous les yeux, ce vieux palais des czars
Resplendit de beautés, fascine les regards,
Montre à l'œil étonné les trésors de l'Asie,
Les rubis d'Astrakan, les perles d'Aspasie.
L'armée à cette vue exhale son transport;
Les cris : Moscou! Moscou! font un bruyant accord.
Chacun frappe des mains, comme après un naufrage
On voit les matelots saluer le rivage.
Quelle époque de gloire! et quel sublime honneur
D'être entré dans Moscou guidé par l'Empereur!
Quelle joie au retour dans la mère patrie!
Chacun nous chérirait jusqu'à l'idolâtrie!
En avant! en avant! dit-on de toutes parts,
Et l'on voit dans les airs flotter nos étendarts.
Nous entrons. O destin! ô bonheur éphémère!
Cette joie, ô mon Dieu! n'était qu'une chimère!
Nous régnons en ces lieux, mais sur des monumens,
Car l'antique Moscou n'a plus ses habitans :
Tous ont fui devant nous, nous léguant leurs murailles.
Les Russes en partant sonnaient nos funérailles,
Sacrifiaient pour nous maisons, temples, châteaux,
Et creusaient sous nos pas des milliers de tombeaux.

Ah! qui l'aurait prévu? Moscou, la ville sainte,

A vu ses habitans déserter son enceinte;

Moscou, prise en un jour et vierge de combats,

Moscou, la ville sainte, a reçu nos soldats.

Sous un ciel azuré tout parsemé d'étoiles

La nuit de son empire a déployé les voiles.

Au bruit du bronze en feu succède un calme épais;

Tout respire en ces lieux le silence et la paix :

Seulement au lointain, d'une oreille attentive,

L'on entend du soldat le lugubre qui-vive.

Tout à coup le ciel change et devient ténébreux.

Un horrible incendie illumine les cieux.

Le sonore tambour, ce tocsin des alarmes,

Vient augmenter le trouble et nous appelle aux armes.

Chacun court à son poste exercer sa valeur,

Et combattre un instant l'élément destructeur.

Mais nos efforts sont vains : le feu nous environne;

Nos bras sont impuissans; le fléau qui moissonne

Annule tout secours; il embrase, il réduit

Le somptueux palais et le simple réduit.

Nos yeux sont obscurcis par des flots de fumée;

Comme un large volcan la ville est enflammée.

De l'armée et du chef quel sera le destin?

Lors un bruit se répand : le feu prend au Kremlin!

Napoléon, debout et toujours impassible,
Contemple les progrès de l'élément terrible.
Il faut fuir! lui dit-on; bientôt Moscou n'est plus!
Le Kremlin est miné! Mais, efforts superflus!
Il refuse, il regarde, il médite, il s'arrête;
Il veut rester, mourir au sein de sa conquête.
Alors Eugène arrive, et, lui prenant la main :
Suivez-moi, lui dit-il; puis l'entraîne soudain.
Pour sauver l'Empereur la garde est accourue.
Des débris enflammés nous barrent chaque rue;
La ville n'offre plus qu'un océan de feu;
Quand nous cherchons le bord nous trouvons le milieu.
Nos roulans arsenaux traversent les décombres;
Nos soldats attérés semblent de pâles ombres;
Nul espoir de salut ne se montre à nos yeux;
La souffrance et la mort résident en ces lieux.
Le feu brûle nos mains, nos bouches haletantes
Refusent la salive à nos lèvres brûlantes.
Mais, guidés par la gloire et le saint mot d'honneur,
Nous méprisons la mort pour sauver l'Empereur.
Le feu se calme enfin. Nous rentrons dans la ville :
Quel aspect! quelle odeur! quel effrayant asile!
Le Kremlin est debout, car Mortier l'a sauvé;
Le Ciel en sa fureur pour nous l'a conservé.

Ce palais des Ruricks est là pour notre perte ;
Sous ces lambris dorés une tombe entr'ouverte
Semble dire à l'armée : Ici sont vos tombeaux !
Les champs de la Russie ont besoin de vos os !
Dans ce lieu de douleurs qu'habita la mollesse,
Et dont l'antiquité rehausse la richesse,
Nos malheureux soldats, que déchire la faim,
De ce drame sanglant sollicitent la fin.
Là, couchés sur la terre, aspirant la fumée,
Leur cœur bondit encore au nom de Grande Armée.
La chair de nos chevaux est leur seul aliment.
Aucun d'eux ne se plaint dans ce cruel moment.
Surchargés de lauriers et rayonnans de gloire,
Ils ne rêvent que France, Empereur et victoire.
Mais plus loin quel contraste est offert à nos yeux !
Des tapis, des trépieds, des vases précieux,
Tous les trésors de l'art, que le soldat renverse.
Là sont amoncelés les chefs-d'œuvre de Perse,
Les produits d'Arabie et les étoffes d'or ;
Là des siéges soyeux que le feu brûle encor :
Assemblage étonnant de luxe et de misère !
Mais de Saint-Pétersbourg on attend, on espère :
Le czar en suppliant va demander la paix.
Fol espoir d'un moment qui s'éteint pour jamais !

Kutusoff à Murat vient de livrer bataille,
Et du Russe en fureur la terrible mitraille
A moissonné nos rangs, criblé nos bataillons,
Et du sang de la France engraissé ses sillons.
En vain Napoléon nous montre son étoile :
Désormais le malheur la couvre de son voile.
La victoire a quitté nos glorieux drapeaux ;
Il faut fuir de Moscou. Pour nous plus de repos.
Au milieu du conseil, oracle de l'armée,
Davoust se fait entendre, et, la voix alarmée :
Songez à vos soldats, dit-il à l'Empereur ;
Les sacrifîrez-vous pour un vain point d'honneur ?
A ces mots tous les chefs ont par leur éloquence
Décidé l'abandon de cette ville immense.
Tout s'ébranle à l'instant ; ces modernes Césars
Ont salué Moscou de leurs derniers regards.
Quel retour de fortune ! O spectacle terrible !
Elle fuit, cette armée autrefois invincible,
Emportant les drapeaux du Turc et du Persan,
Les trésors du Kremlin, la croix du grand Ivan,
La Vierge aux cheveux d'or, les chefs-d'œuvre d'Albane :
Quand, deux marches plus loin, une simple cabane
Offre à Napoléon le repos d'un instant.
Jadis ce fut l'abri d'un pauvre tisserand ;

Mais la guerre a troublé sa paisible existence.
Il a quitté ce lieu, berceau de son enfance;
Il a fui loin du toit qui vit ses premiers jeux.
Exempt d'ambition, il y vivait heureux.
Et c'est là qu'un César vient clore la paupière.
Le plus grand des mortels n'a plus qu'une chaumière.
Voyez-le qui sommeille, oubliant les combats;
D'un instant de repos qu'il goûte les appas!
Qu'il repose aujourd'hui! Dieu résout un problème
Qui doit briser son sceptre et son lourd diadème.
Mais qui peut l'agiter au milieu du sommeil?
Est-ce un dieu qui l'assiste et lui porte conseil?
Non! un songe éloquent déchire sa grande âme;
Un fantôme à l'œil vif, au visage de femme,
Se plaçant devant lui d'un air majestueux,
Semble un être divin qui règne dans les cieux.
C'était la Liberté, couverte de salpêtre,
Qui délivre l'esclave et sait punir le maître:
« Vois, dit-elle, aujourd'hui ta perte et tes malheurs,
Ces campagnes en feu, ces théâtres d'horreurs,
Ces pays ravagés, cette ville détruite,
Tes soldats expirans et ton armée en fuite!
Où sont donc ces hauts faits du Nil et du Thabor?
Ce brillant Marengo, né fils de Messidor?

Ces combats glorieux d'Austerlitz et d'Arcole?

Vois, ton front a perdu sa brillante auréole!

Comme il s'est éclipsé, cet instant solennel

Où Barras te dota du baiser fraternel!

Fils ingrat et félon, rappelle-toi brumaire,

Ce jour où sous ta gloire assassinant ta mère,

Des rênes de l'État et d'un joug détesté

Tu sus avec orgueil décorer ta fierté.

Jamais impunément un tyran ne me brave :

L'univers sera libre, et tu mourras esclave!

Tu n'es plus à mes yeux qu'un fils déshérité!

Adieu, Napoléon; je suis la Liberté! »

A ces mots il s'éveille, il cherche le fantôme :

Il est seul et tremblant sous ce modeste chaume.

Il fuit loin de ces lieux, le cœur froid, l'œil hagard,

Et dicte en murmurant un ordre de départ.

Puis, en lettres de sang, une main souveraine

Burinait dans les cieux : Waterloo! Sainte-Hélène!...

Imprimerie de H. Fournier et Ce, 7 rue Saint-Benoit

www.ingramcontent.com/pod-product-compliance
Lightning Source LLC
Chambersburg PA
CBHW050737070726
47597CB00009B/3967